A história invisível

F·SF·R·

SOFIA NESTROVSKI

A história invisível

ilustrações
DANILO ZAMBONI

PARTE I

11 Começo

15 Primeiro episódio: O esconderijo e o tédio

19 Segundo episódio: Sofia conversa com um peixe

33 Terceiro episódio: Sofia entra na árvore

39 Quarto episódio: Sofia conversa com um sapo

PARTE II

53 Primeiro episódio: Sofia conversa com os pássaros e aprende sobre as coisas

63 Desvio: Se a história fosse outra

69 Fim do desvio

79 Segundo episódio: O fim das palavras

PARTE III

87 Episódio final: Cai a noite

97 Coda

101 AGRADECIMENTOS

PARTE I

COMEÇO

ERA UMA VEZ duas irmãs. Que então era só uma, eu. Nosso nome é Sofia, mas poderia ser outro. Algum que seja bom de falar. *Papoula*, *ginkgo biloba*, *bis-na-gui-nha*. Bisnaguinha. Pode ser. Estamos prestes a começar uma grande aventura, muito longe e sem carro, quando Sofia, ou bisnaguinha, era criança. Sofia é um nome bom de falar. É assim, afinal, que ouço quando colo o ouvido no espelho. Nós, nossos ouvidos. Sofia mora numa casa amarelada em frente a uma grande árvore de cor que a memória não gravou. Indefinida. Está sempre sozinha, na companhia de si mesma e de tudo o que flutua no ar sem ser visto, em cima e em volta de nós. Sofia passa os dias conversando com as próprias ideias, braços balançando ao redor e o nariz o tempo todo no meio do rosto; os olhos no chão.

Sua atividade preferida é fugir de casa. Um dia, fugiu infinitamente até o quintal e descobriu que algumas partes do tronco da grande árvore tinham amadurecido em excesso, estavam ressecadas e fofas demais. Arrancou pedaços do tronco com as mãos enquanto se perguntava se tudo na natureza — maçãs, pessoas, ideias — tende para o isopor. Perguntas: um cérebro se movimentando, indo em direção a algo. Indo, indo: guiado pelas verdades gerais, sem saber que eles estão ali: os ajudantes: o segredo que move o que se move.

Foi no coração do tronco, pleno envelhecimento, que Sofia conseguiu cavar um vão grande o bastante para entrar. Coube ela e mais nada, nem tudo isso que está aqui, nem a sensação de se desfazer no ar. A árvore continuava viva, morna — morna e viva e preenchida por alguém que pensa, como a maioria das... coisas.

Quando Sofia entrava naquele vão da árvore madura, o rosto dela se iluminava. Observava o mundo inteiro que existe (sempre, sempre existe!) do lado de fora, os olhos bem abertos e brilhando de tanto olhar e gostar de olhar.

Os animais que passavam por ali achavam que aquela era uma árvore muito simpática, e davam meia pirueta de bicho porque naquele instante se sentiam contentes. Para Sofia, a sensação de contentar os outros era muito boa, elétrica. Ali decidiu: sua atividade preferida seria fugir de casa e entrar na árvore. Assim, ela podia deixar de ser uma pessoa e começar a virar um mistério. Indefinida.

Fugir de casa é muito bom, porque você arruma uma mochila e nunca mais volta e deixa tudo para trás. Nessa mochila tem: todos os segredos que importam no mundo. Por exemplo: o segredo dos gigantes. O segredo é que são os gigantes que deixam marcas de sapato no cimento das calçadas. Só eles são pesados o bastante para marcar o cimento, mas têm pés pequenos, do tamanho dos nossos. Ninguém nunca os viu, eles só saem à noite porque têm vergonha dos pés. Outro segredo: todas as palavras com mais de três sílabas são bonitas, porque podem significar qualquer coisa no mundo.

PRIMEIRO EPISÓDIO:
O ESCONDERIJO E O TÉDIO

QUANDO SOFIA SE ESCONDEU dentro da árvore pela primeira vez, ninguém soube onde ela tinha ido parar. Todos ficaram desesperados, sua mãe ficou mais. As mães se fazem assim: primeiro nasce o filho, depois a p-r-e-o-c-u-p-a-ç-ã-o (melhor não falar, para não acordar os bebês).

Aquele dia foi ótimo, Sofia conversou com as minhocas. As minhocas são parecidas conosco, têm muita dificuldade de se descolar do chão.

No dia seguinte, ela tinha mais alguns segredos acumulados, guardou-os na mochila. Forçada todos os dias a ir à escola, horrorosa escola, pintada com cor de sorvete. Borboletas de manteiga voando do lado de fora da janela, e ela ainda ali. Tédio sobre tédio sobre tédio.

Seus segredos ficaram guardados, desassistidos, a escola ensinando-a a deitar as horas uma em cima da outra e só, um enorme sanduíche de tempo desperdiçado.

Sanduíche, Sofia parada olhando para ele. Mole, como ela era mole. Sem saber o que fazer com os próprios braços — se os amarrava à frente ou os deixava balançando ao lado do corpo ou se valeria a pena todo o esforço de dobrar os cotovelos. E, depois que se resolvesse a questão dos braços, o que fazer com a quantidade de tempo que tinha nas mãos?

Nos momentos em que Sofia saía do tédio e voltava para casa, só conseguia falar com muito vibrato, para que cada sílaba ressoasse com a onda do seu sofrimento. Sofrimento! Infância afogada.

SEGUNDO EPISÓDIO:
SOFIA CONVERSA COM UM PEIXE

ENTÃO, ENTÃO: quando acordou no dia do seu aniversário de sete anos — a casa ainda adormecida, toda ela xícaras de porcelana no armário e tomates sonhando na geladeira — era cedo de manhã, quando o sol permanecia indefinido, Sofia olhou ao redor e escolheu o pedido que iria fazer quando cortasse a primeira fatia do seu bolo de aniversário, começando de baixo para cima, faca lambendo o recheio. Camada sobre camada sobre camada de delícias.

Enorme bolo dos desejos! Olhos nele, Sofia sussurrou em tom invisível o seu pedido secreto: tornar-se invisível também.

Não foi de imediato; teve que esperar até a manhã seguinte, quando todos tinham acordado, inclusive as xícaras no armário, que tilintavam com o ritmo dos passos pela cozinha — pés de gigantes —, e não a encontraram — os gigantes, a família — em lugar nenhum. Nem procurando de ponta-cabeça. Nem com toda as preocupações das mães empilhadas umas sobre as outras.

Finalmente ela estava invisível e órfã e livre, como todas as crianças do mundo inteiro sempre quiseram ser.

E sua mãe dizia SOFIA, sua mãe dizia SOFIAZINHA, sua mãe dizia SOZINHA, sua mãe dizia me dá um S, me dá um O, me dá um F, me dá um I, me dá um A, SOOOOOOOOOFIA, CADÊ SOFIA! Me dá mil pontos de exclamação! Mas Sofia não precisava mais ouvir, porque se a luz não rebatia sobre ela, o som também não precisava, quando não fosse conveniente.

Naquela casa moravam duas gatas macias, uma dúzia de peixes úmidos no aquário e um cachorro com cor de refeição. Todos os animais e todas as plantas entenderam o que tinha acontecido, nem pararam para pensar; todos ficaram um pouco mais felizes: agora que Sofia era invisível, era também em parte secreta, como são as aventuras e a vida íntima dos animais que vivem numa casa de humanos. Eles se escondem de nós com suas tantas patas e rabos e seus tantos divertimentos.

Mas Sofia, Sofia! Ela ainda não sabia. Ainda não desconfiava. Acordou e a manhã correu como de costume: espirrou-se para fora do quarto e logo notou que todos estavam desesperados. Nada de interessante por aqui, nada de novo. Normal. Voltou para o quarto e sentou-se na beira da cama. Destampou um bocejo.

— Todos estão sempre desesperados. Não é hoje que eu vou entrar no desespero dos outros.

O aquário de peixes dourados estava à sua frente. Todas as noites era barulho de motor ligado e aquela luz fria acesa, e a sensação metade percebida metade inventada de estar em alto-mar.

Sofia deslizou até o chão porque sempre que possível se mexia com preguiça e foi conversar com os peixes.

No aquário tinha:

Pedrinha, pedrinha, pedrinha;

Redemoinho de água;

Gosma nos cantos;

Um peixe de rosto normal e uma sereia de plástico sentada numa pedra olhando para ela. A sereia usava óculos escuros.

Sofia sentada, se perguntando — olhando, olhando... um dia venceu segundo lugar num concurso da escola (tédio) com um desenho que fez da sereia, acompanhada de peixes azuis de rosto redondo feitos cada um só com uma linha de canetinha: primeiro desenhava o rosto — meia circunferência aberta para o lado —, depois estendia um pouco a linha, seguindo, seguindo, que de repente virava num ângulo fechado e, depois — cuidado —, virava em outro, para formar um triângulo que servisse de rabo.

E a linha voltava pela direção contrária, completando o peixe, juntando o corpo ao rosto. E então ganhava meio sorriso e um só olho, porque ficava simpático assim, de perfil.

Dentro do aquário, um peixe dourado veio nadando até o vidro, bem perto de onde Sofia tinha colado a cara. Do ponto de vista do peixe, seu rosto redondo parecia enorme. Ele olhou de frente e começou a rir. A princípio Sofia achou aquilo estranho, um peixe rindo, mas depois pensou de novo e decidiu que não importava se era estranho ou não, porque era ofensivo aquilo, ser rida por um peixe. Ele nadou até a superfície, inclinou a cabeça para cima e riu de novo, desta vez fazendo bolhas na água. Talvez ele gostasse da sensação de se divertir, ou de inventar que estava se divertindo e então voltar os olhos ao horizonte e perceber o mundo ao redor. Sofia afastou o rosto do vidro, com nojo.

— Vol-vol-vol-ta — disse o peixe, totalmente molhado.

— Por que você está rindo da minha cara?

— Você já viu um peixe rindo antes? Como sabe que é isso que estou fazendo?

— Eu nunca vi um peixe falando antes, e a gente agora está aqui conversando, o que significa que eu de repente entendo você mesmo sem saber como, e mesmo sem saber como, sei que você estava rindo de mim.

— Pare de interromper minhas perguntas com suas respostas. Você entende mais do que sabe que entende, você pensa e não pensa e, no entanto, você é cogito ergo sum — disse o peixe, inconveniente como quem tem nariz.

— Cogito Ergo Sum, esse não é meu nome.

— Não.

— Você sabe qual é meu nome?

— Sofia — disse o peixe. — Sofia em antigo grego humano significa sa-be-do-ria, cogito ergo sum em latim humano significa sei lá, sei lá o quê. Eu me chamo Só Sei Que Nada Sei. (O nome que tinha sido dado pelo avô, o bigodudo, peixe-gato. Todas as noites, antes de dormir, o peixe Só Sei Que Nada Sei se retirava para seu quarto — pedrinha, pedrinha — e abria seu grande livro, o mais precioso, com árvores e mais árvores e desenhos fabulosos, cujos traços ele sabia de cor. Zelava pelo livro, repetia suas palavras, sopa de letrinhas, enquanto o relia dentro d'água, solitário; era es-plên-di-do, o livro dos brasões, livro dos segredos e origens de sua família. Estavam todos lá, todos os seus antepassados com suas histórias pré-aquarianas e seus nomes de salmão: Querido Quinino Quilate, Diamante dos Dentes de Ouro, Panela de Aço Inoxidável. Só Sei Que Nada Sei sonhava com aqueles nomes, sentia uma eletricidade antiga dentro dele, vencendo e sobrepondo a inutilidade do mundo. Terrível, o mundo, botões e manoplas, tédio, tédio.) Esquecido do que estavam falando, o peixe parou e voltou a encarar Sofia, em silêncio.

— Seu nome é Sei Lá? — perguntou Sofia.

— Isso. Vamos voltar ao assunto principal.

— Qual é o assunto principal, senhor Sei Lá Que Nada?

— Pode me chamar de senhor Nada. É mais curto, e nós ultimamente aderimos aos nomes curtos.

Pausa.

— O senhor pode me dizer qual é o assunto principal, senhor Nada?

O peixe Nada mergulhou até o fundo do aquário, respirando água, e olhou para o alto. Os outros peixes faziam silêncio em respeito a ele, quase imóveis atrás da sereia de plástico. O peixe Nada ficou um tempo olhando os flocos de ração que boiavam na superfície. Amarelos, vermelhos, verdes, todos translúcidos e leves o suficiente para não afundar. Sofia olhava o peixe que olhava para a luz que atravessava os flocos coloridos. A hora de ir para a escola já tinha passado e ela ainda estava lá. Percebia que suas barbatanas tinham a mesma transparência que os flocos de ração, mas eram de um laranja vibrante, como se além de deixar a luz passar, elas emitissem um pouco de luz própria. Sofia se perguntou por um instante se os peixes eram assim transparentes de tanto comer comida transparente, e seu cérebro estava prestes a se perguntar qual seria o paralelo disso para os seres humanos, se eles são opacos porque comem pão, opãocos, mas antes que as pecinhas se juntassem numa pergunta, o cérebro alinhado em uma faísca de saber-por-quê, o peixe Nada a interrompeu:

— Você passa muitas horas do dia sem saber o que fazer, não é?

— Como posso querer dar conta das horas do dia se cada dia tem a idade de 24 horas e eu só tenho a idade de sete anos?

— Mergulhe sua mão aqui — disse o peixe, esquivando-se de argumentos amarelados.

Sofia pôs a mão dentro d'água, fazendo os flocos de ração se juntarem sobre sua pele. Eles pareciam loucos, deixando a luz passar. E a luz passava e passava. Seguia água adentro até chegar no fundo do aquário. Sofia balançou a mão de leve e a luz nem estremeceu. Sofia tirou a mão do aquário e a fechou bem rápido, a luz não reagiu. Virou a palma para a luz. Silêncio. O peixe, de dentro do aquário, sussurrou: "in-vi-sí-vel". Sofia continuou olhando para a própria mão, diante da luz. Diante ou dentro, porque a luz não se importava com a fronteira de sua mão. Sofia decidiu testar a outra mão, e testou de todas as formas: de garra, coelho, pedra, papel, tesoura. Todas diziam a mesma coisa: essas mãos estão sem bordas nem recheio. A luz passava direto. Mostrou sua barriga à luz. Direto. Mostrou a boca aberta à luz. Direto. Mostrou a língua. Ficou de ponta-cabeça. Direto. Luz luz luz luz, sem desvios. Desistindo, Sofia caiu sentada na frente do aquário. Não sabia o que pensar.

— O que eu faço agora?

— O que você quer fazer agora que está invisível?

— Ficar sozinha, sem dó — disse, emburrada.

— Sem dó nem sombra — o peixe.

— SEM SOMBRA? — riu. E olhou para o chão. Sem sombra. As coisas estavam ficando interessantes.

— Sem reflexo também.

— COMO OS VAMPIROS?

— Agora que você está invisível, você tem que começar a fazer coisas com você. Coloque a mão dentro do aquário mais uma vez e pegue a sereia de plástico. Ela será sua guia. Pegue o primeiro livro que encontrar, ele será seu mapa. Arrume uma mochila e saia de casa para sempre, não precisa contar para ninguém. Órfã e livre, agora você é uma de nós.

O cérebro do peixe deu um trovão e ele se retirou para seu quarto. Pedrinha, pedrinha, pedrinha.

Sofia fez como foi dito. Não pensou mais em peixes. Prendeu o cabelo num rabo e saiu.

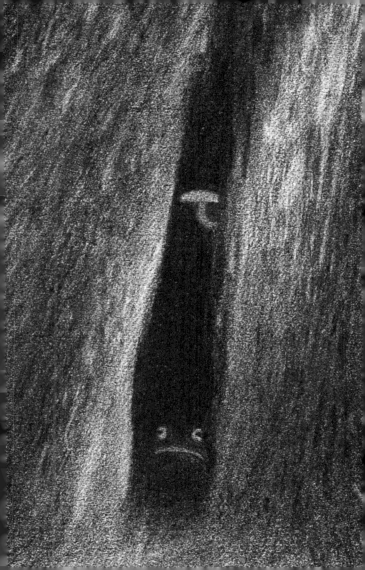

TERCEIRO EPISÓDIO:
SOFIA ENTRA NA ÁRVORE

ATRAVESSOU O CORREDOR E A COZINHA sem ser vista. Saltou discretamente por cima do taco solto no chão onde escondia seus tesouros pequenos, e bisbilhotou, com o canto do olho, o banheiro das mil maquiagens, pensando: um dia, um dia... Cortou pela sala e abriu a porta que dava ao quintal e sumiu pela grama em direção ao refúgio de dentro da árvore. Árvore adulta! Antes de entrar, viu um pássaro pousado num galho e falou-lhe PIU PIU PIU PIU PIU. O pássaro, "Que piu o quê?", mas Sofia não ouviu. Estava entusiasmada e já tinha escapado para dentro de onde precisava ir.

Entrou e ficou imersa na escuridão. Seus olhos demoraram a se acostumar com a mudança. Tentou focar a visão nas paredes internas da árvore, mas elas pareciam se afastar, e o teto produzia sombras em si mesmo. Quanto mais ela olhava, mais as coisas se mexiam. Saiu com as mãos à frente do corpo, caminhando devagar, até encostar na parede mais próxima.

Olhou bem em frente, à parte da árvore que conseguia sentir com as mãos. Agora podia perceber o barro, as formigas minúsculas andando e suas antenas pensando. Sentiu a umidade condensada sob as palmas. Voltou a cabeça para cima e olhou para o teto. Deixou os braços caírem ao lado do corpo e observou. Conseguia fazer com que o ponto exatamente à frente de seus olhos ficasse parado. Mas percebia que as paredes mais distantes, fora de foco, continuavam inquietas. Suas rugas e manchas escuras eram como personagens vivendo uma história só deles.

Fechou os olhos e manteve-os fechados por alguns instantes, fazendo um gesto com firmeza, como se soubesse o que fazer. Não sabia. Quando abriu, reparou que, num primeiro momento, as paredes voltavam a dançar à sua frente, mas muito rápido seus olhos se acostumavam à visão e a imagem ficava parada. Então tentou mais uma vez. Fechou os olhos e abriu bem rápido e a parede se mexeu. Sombras lutando esgrima, sombras correndo, sombras viajando a cavalo.

Era como se a parede estivesse se mexendo com algum propósito, e a cada vez que Sofia fechava e abria os olhos, os limites andavam um pouco mais para trás. Interessante. Espaço se abrindo, acontecendo. Sofia deu um primeiro passo, ainda curto. Toda a delicadeza. Xícaras dormindo nos armários profundos. Continuou em seu exercício: fechando os olhos e reabrindo-os rapidamente, e fechando-os de novo para que a imagem não tivesse tempo de se acostumar consigo mesma, para que não tivesse tempo de congelar: coisas elásticas de um mundo macio. Quina nenhuma. O ar estava frio, e seus pés começavam a afundar no chão de lama, a mochila — o livro, a sereia cega — pesava em seus ombros. Cabelo preso num rabo apertado, a cabeça parecendo um pão. Fechou e abriu os olhos mais vezes, agora com mais urgência. Acelerou o passo. Precisava saber até onde podia ir, ficar cada vez mais profundamente invisível. A caverna de dentro da árvore ia cedendo, e ela seguindo pelo caminho que se abria à sua frente.

Quando parou para olhar para trás, já não conseguia mais ver por onde tinha entrado. Tudo era tão distante. Não sabia para onde estava sendo levada, e depois de um tempo, no escuro e no frio, começou a ter medo. O teto respingava, cavaleiros derretidos. Então Sofia cantou, para si mesma, aquela que há muito tempo era sua música preferida:

Quem é a mais bela?
Bem mais que a Isabela?
Sem orelha nem moela?
Todo mundo gosta dela:
É ela! É ela!
A nossa mortadela!

E ficou mais calma. Lembrou-se dos dias. Brilhando na TV, linda música, única no mundo e linda.

QUARTO EPISÓDIO:
SOFIA CONVERSA COM UM SAPO

CONTINUOU CANTAROLANDO e seguiu em frente. Seus passos iam marcando o ritmo enquanto cantava — a combinação das duas coisas criava a sensação de algo acontecendo.

Shlop-shlop-shlop

Shlop-shlop-shlop, faziam seus pezinhos, pãezinhos.

Ela seguia andando, árvore adentro, no escuro.

Shhhcrolóp-lop-crop

Crshlóp-clop-clop

Croc-shlop-croc-shlop-croc-shlop-croc-
-shlop-croc-shlop-croc

Croc-shlop-croc shlop

SHLOP — parou com os dois pés juntos.

Croc-croc-croc-croc-croc-croc-croc-croc-
-croc.

....croc-croc-croc....

— Finalmente! — disse um sapo úmido, saltan-
do à frente — estava aqui há tanto tempo.

— ? — disse Sofia, indignada.

— É que essa música é linda — o sapo abaixou
a cabeça de vergonha. Era muito tímido.

— AQUI DENTRO PEGA TV?

— ... — sorriu devagar o sapo, olhando-a de
baixo para cima.

Sofia conferiu em volta e não via mais nada,
só a escuridão, a lama e o sapo.

— Quem é? — perguntou então o sapo.

— Eu, ué.

Pausa.

— Eu eu ou você eu?

— Eu eu. E você, quem é? — Sofia tinha respostas.

— Você.

— ?

— Você — respondeu o sapo, e sua carinha minguou. Era tão tímido que às vezes sentia vergonha de ouvir o que os outros diziam. Sentia vergonha até das próprias ideias quando elas nasciam dentro de sua cabeça. Nasciam e logo murchavam, secavam. Não queriam que ninguém desconfiasse que havia algo ali as incentivando; que ninguém pensasse que elas tinham qualquer vontade de aparecer.

— Há quanto tempo você mora aqui? — perguntou Sofia.

— Você mora aqui há muito tempo, desde que se perdeu, há muito, muito tempo — camada sobre camada de existência amorfa.

— Não tem mais ninguém para fazer companhia para você?

— Teve. Mas você foi ficando confuso, e todas as vezes que olhava em volta, tinha a impressão de que a borda das pessoas estava mais fina. Você fechava os olhos para tentar ver melhor, mas não fazia diferença. Então você começou a olhar por outros ângulos, e foi se espichando para tentar ver de cima. O pescoço cresceu, você ficou altão e sozinho e, uma a uma, as outras criaturas começaram a desaparecer. Depois murchou, caiu, quicou de volta para o normal. Normal.

— Até que eu aparecesse aqui? — intuiu Sofia, tímida por contaminação.

— Sim, até que eu aparecesse aqui. Eu é a primeira pessoa que deu para ver, *ver* ver. Fazia tanto tempo que você não via ninguém, já quase não lembrava mais como era. Mas tem algo aqui para mostrar. Algo para mostrar! Você tem algo para mostrar! Uma luz: uma barriga que gira luz! — o sapo agitava tremores profundos dentro de si, fogos que não subiam fazia tanto tempo. Inclinou a cabeça para trás e exibiu sua barriga redonda. Estava dourada, uma pequena lanterna.

— ... — disse Sofia, observando.

Ele se virou de costas para Sofia e iluminou o chão à frente. Era uma luz fraca, só permitia ver os próximos passos.

Os dois continuaram caminhando, cada vez mais para dentro da árvore. O sapo tomava a dianteira, era um sapo de abrir caminhos.

— Como você ficou assim? — perguntou Sofia, olhando para a barriga dourada do sapo. — Você pode me contar sua história? Pode contar sobre o desaparecimento de quem já esteve aqui?

— Sim. Mas fique mais perto, não quero ver eu indo embora, deixando você sozinho de novo, e tão rápido.

Sofia se sentou. O sapo posicionou-se em silêncio — seu tamanho não fazia sentido. Parecia poder assumir qualquer forma, assentar-se dentro de si mesmo de qualquer jeito possível. Iluminou-se da própria luz; ele era um palco para si mesmo, vazio, fértil. Começou.

Era com felicidade que contava sua história, uma felicidade que crescia, como se tirasse de algum armário fundo da memória a lembrança dos espetáculos que a vida poderia oferecer quando tem alguém olhando. O sapo ia se desdobrando em seus personagens, sanfona de pessoas, ou sombras que se espalham em sentidos diferentes. Recortes de papel dobrado que se abrem. Luz sobre luz.

— Do que você é feito? Do que você é feito? — interrompeu Sofia às pressas, atrasada para conhecer a palavra "substância". Perguntou agitada, e o mundo se contraiu. O sapo colapsável se fechou.

Em silêncio, seguiram caminhando com aquela luz fraca, tudo ao redor tão frio quanto sempre. O sapo, ainda se desgarrando das rebarbas de emoções agitadas que permaneciam nele, agora cantava para si mesmo a canção emprestada do comercial de televisão e dançava, discreto, com passos só dele: pernas moles, como se desacostumadas a ter ossos.

Parou e sentou errado, para conseguir abaixar a cabeça e olhar a própria barriga. A luz dourada girava lentamente dentro dela.

Sofia sentou-se à sua frente, observando. Levantou um dedo para encostar na barriga do sapo, para entender melhor como era. *Ploc*. Era fria.

— O que a gente faz agora? — perguntou Sofia. Abriu a mochila.

Tirou a sereia de plástico. Colocou-a para sentar ao lado deles, para ver se um gesto qualquer, mesmo um que não tem intenção, poderia mudar um pouco as coisas. Mas ela só ficou ali parada, estranha e presente e estranha. O silêncio ao redor os entristecia agora. Os dois olharam para a sereia por um instante e depois não mais. Sofia guardou-a novamente na mochila. Sentiu um calafrio.

— Que mais? — perguntou o sapo.

— Estou com fome — e abriu o bocão.

O sapo ficou sentado, olhando. Calado, sozinho, sem nome. Sofia farejou. Deu um passo à esquerda enquanto olhava para o lado direito e saiu da árvore. À sua frente, um campo aberto. Ao lado, um penhasco que dava para o mar. Guiando-se por uma nuvem qualquer ou pelo que existe de guia para quem não sabe o que fazer, decidiu se sentar na beirada do penhasco e olhar o horizonte, olhá-lo até o fundo. O céu azul era da mesma cor que o mar azul e, no limite, não dava para ver onde um começava e o outro acabava. Fixou os olhos nos dois azuis e, em pouco tempo, deslizou de tontura para trás, caindo de costas na grama. Olhou para o alto e viu o mar em cima dela. E sentiu o céu e o mar girando à sua volta. Girando, girando. O dia estava claro, mas era outro dia, outro tipo de claro. Agarrou o chão com as mãos para se certificar de que ele ainda estava lá e pôs-se de pé. A árvore estava às suas costas, carregada de frutas.

PARTE II

PRIMEIRO EPISÓDIO: SOFIA CONVERSA COM OS PÁSSAROS E APRENDE SOBRE AS COISAS

CAMINHOU ATÉ A ÁRVORE e arrancou uma de suas frutas. Teve um pensamentinho de que talvez pudesse comer até ficar invisível por completo. Sentia que ainda não tinha sumido o bastante. A fruta era redonda e escura, tinha sabor de chiclete surpresa. Engoliu a primeira e viu um pássaro preto vindo em sua direção. Arrancou uma segunda e, clomp, comeu. Mais um pássaro surgiu no horizonte. Sofia não se incomodou. O importante era ficar invisível. Comeu mais uma, clomp-clomp. Os dois pássaros pousaram na árvore enquanto um terceiro aparecia no céu, voando em direção a eles. Quando o terceiro pássaro se endireitou, pousado na árvore, eles começaram a falar. O primeiro pássaro tinha a voz estridente e rouca. O segundo tinha uma voz de lata vazia. O terceiro tinha voz de mulher. Os três falaram juntos:

— Você sabe de onde vêm as coisas?

Sofia olhou para eles, espantada. Es-pan-ta--da, nome bom de falar. Arrancou um punhado de frutas e colocou todas na boca de uma só vez, CLOMP. Os pássaros pareceram se irritar.

— Que coisas? — perguntou Sofia, com a boca cheia de sabores, os mais doces do mundo.

O pássaro com voz de lata começou:

A HISTÓRIA DAS COISAS

— Era uma vez uma mulher que tinha três filhos, Liu e Piu e Xiu. Todos os dias, Liu e Xiu iam até o poço buscar água, enquanto Piu tentava atrapalhar. Era um trabalho muito difícil, porque nada ainda existia no mundo. Nenhuma coisa. Então imagine. Todos os dias, quando Liu e Xiu iam buscar a água no poço, eles tinham que inventar o que era a água, e o que era o poço e o que era o balde e o que eram as mãos. As coisas surgiam e desapareciam, para serem inventadas de novo, com outras formas no dia seguinte. Tudo era ainda sem borda nem recheio.

O pássaro com voz de mulher interrompeu:

— Às vezes, eles experimentavam criar as coisas com outros nomes. E quando iam buscar a água, chamavam o balde por tábua, e o poço por olhos, os braços por baços e a água por alga, para ver se fazia alguma diferença.

— Ah, eu sei como é isso, tem gente que me chama de Sofia, tem gente que me chama de Espantada.

— ... — resmungaram os pássaros.

O segundo pássaro, o com voz de lata, continuou:

— O trabalho de Piu era o mais importante de todos. Veja você, olhe você e veja: se ele não estivesse lá para atrapalhar os irmãos, as coisas nunca dariam errado, e eles nunca teriam que refazer o trabalho. Se eles não tivessem mais que fazer aquele trabalho, o mundo esfriaria de vez. As coisas existiriam e fim. Cada uma com seu nome e sua cara, e sua cara ajustada ao seu nome.

— É por isso — falou pela primeira vez o pássaro com voz estridente e rouca. — É por isso, é só por isso, que nós pássaros cantamos, todos os dias, em homenagem ao Piu. Piu, piu, piu, piu. Para que o mundo nunca esqueça. O mundo, sempre o mundo.

Os pássaros então se uniram e começaram a cantar uma sinfonia em piu maior. Sofia pegou um punhado de frutas, acocorou-se na grama e ficou comendo enquanto ouvia. Uma pausa.

DESVIO:
SE A HISTÓRIA FOSSE OUTRA

ERA UMA VEZ DUAS IRMÃS. *Que de repente eram só uma, a outra. O nome dela é Sifia, o nome dela é Sofoia, o nome dela é Pompilha, mas não nos importamos se vocês quiserem escolher outro nome. Nhofia, Fofinha, Fosia, Coisinha. Um dia ela acordou e era seu aniversário de sete anos e ela decidiu que queria ficar invisível, então fez muito esforço e fechou os olhos e dormiu. Deu três pulinhos e gritou SOFIA SOFIA SOZINHA FOFINHA e caiu de cansada na cama. Levantou e lambeu um peixe e rodopiou até o outro lado do espelho e saiu, foi passear.*

Normal.

Passeou tanto que conheceu uma árvore e tropeçou no pé dela e foi convidada a entrar. Entrou, olhou em volta, correu atrás do próprio rabo, deitou e dormiu. Quando acordou, fazia frio, estava com fome e sede, então resolveu perambular. Agitou-se de um lado para o outro, passinhos esquisitados. Viu um sapo de costas sentado errado, conversando com o vazio. Calafrio, calafrio, calafrio. Espanto! Continuou a andar. Virou à direita numa bifurcação e saiu da árvore. Rosto primeiro, redondo, redondo. Depois seguem--se os braços, a barriga, as pernas, os pés. Enfim, flupt. Legal. À sua frente, havia um imenso campo aberto, como uma boca sem dentes, ao lado, um penhasco dentuço que dava para o mar. Seguiu pelo caminho do campo e foi em direção às vacas do lado de lá, de lá de lá. Viu uma vaca sozinha pastando.

— ... — diziam a vaca e Sofia, em uníssono.

Deitou-se na grama, aos pés da vaca. Era uma vaca famosa, mas ninguém sabia. Famosa! Tão importante que ninguém pode conhecer. Um pou-

co como eu e você. Sua história é a História da
Única Vaca de Verdade.

A HISTÓRIA DA ÚNICA VACA
DE VERDADE (DO MUNDO)

*Homens e mulheres vinham de carro e sem car-
ro, carro de boi, carro sem boi, beber o leite da
única vaca de verdade. Todos os dias, a vaca
enchia baldes e mais baldes com ele. Espuma dos
milagres. As pessoas se agrupavam em volta dela,
ansiosas. A vaca aproveitava seu tempo, traba-
lhava sem pressa, olhos fechados. Enchia os baldes até a boca, espuma, ondas do mar. Então, ela
se aprumava e troc, um coice! — um e um e um e
outro, todos os baldes tombavam, espalhando o
tesouro pela terra. O leite derramava, derramava inteiro. Virava lama líquida com o solo, lama
láctea. Todos os dias ela repetia esse gesto de sua
própria alegria. Todos os dias a fama de seu leite
viajava, todos os dias os homens e as mulheres
vinham de longe para prová-lo. E ela continuava. Não entregava nada, ou nada que se pudes-*

se levar; e pastava, silêncio e silêncio e silêncio.
Em uníssono. Sem nenhum vibrato.

FIM DA HISTÓRIA DA ÚNICA VACA
DE VENDETA (DO COSMOS)

Sofinha bocejou com o final da história e dormiu
aos pés da vaca. Estava contente por conhecê-la.
Quando acordou, suas ideias estavam cheias de
sol e a vaca já tinha pastado de lá. Então Sofia
decidiu sair para andar. Mas sentia que sua cabe-
ça estava muito quente, e começou a achar aquilo
estranho. Era estranho mesmo: olhou para baixo
e percebeu que estava caminhando no ar. Então
era isso: ela estava mais perto do Sol. Continuou.

FIM DO DESVIO

SOFIA LEVANTOU-SE NUM SALTO e aplaudiu
em cheio. BRAVO! Rodopiou de alegria. A sinfonia dos pássaros tinha sido lindíssima. Contentes com a exibição, eles voaram até ela, e
pousaram em seus braços. Eram agora mais
de vinte deles, tantos nela e os outros tantos
na árvore. Tinham se juntado durante a apre-
sentação. Empoleirados em seus galhos, seus
braços, olharam com muito afeto e começaram
a falar, encompassados:

— Você sabe o que isso quer dizer? — disse o primeiro, pronunciando sílaba a sílaba com atenção e voz de gralha.

— Quer dizer que tudo ainda é possível — continuou o segundo, com voz de navalha.

— Tudo ainda não existe — sussurrou o terceiro, com voz de navio.

Sofia olhou em volta. Parecia existir já bastante coisa, apesar de não existir tudo. Os pássaros estavam muito sérios, falando baixinho e cortando as palavras com todo o cuidado. Lascas da pedra do grande mistério.

— Vocês podem, por favor, me explicar melhor? — pediu Sofia, bem-educada.

— É assim. Olhe para aquela pedra. Você pode imaginá-la enquanto olha para ela, as duas coisas ao mesmo tempo. Olhe e imagine. Se essa pedra falasse, o que ela falaria? — perguntou mais um pássaro, bem embicado.

— Eu não sei.

— Para saber o que uma criatura falaria, você primeiro tem que saber no que ela estaria pensando — disse outro pássaro, tirando o assunto do bico do anterior.

— Não. Você tem que imaginar no que ela está pensando, e aí pegar uma parte do pensamento dela e transformar em palavras, e perder metade do sentido no meio do caminho, voltar para recolhê-lo, esquecer do que estava fazendo, olhar em volta e, sob a pressão dos olhares alheios, com os braços soltos ao lado do corpo e as mãos vazias, falar para o mundo, falar para o mundo inteiro: Bom dia, tudo bem, tudo bem, como vai, como vai! BOM DIA! Como vai longe, desse jeito chega na lua! Seu filho está lindo, cada dia mais parecido COM A GRAMA! Puxou o pai, puxou o rabo do pai e saiu correndo. Falar e esquecer para sempre do que estava pensando. Vapor pendurado no ar — complementou ainda outro pássaro. Os pássaros começaram a ficar agitados, resfofolhando na árvore.

— Você tem que martelar as palavras para que elas despenquem da árvore da experiência — disse um pássaro mais velho, solene.

Um pássaro menor, afastado dos outros, olhava para o vazio e começava a falar, baixinho, como se não se importasse que ninguém o escutava:

—

Ao longe, sem serem notados, três chinesinhos caminhavam. Um levava um balde na mão, outro uma tábua e o terceiro tinha os braços soltos ao lado do corpo, tempo de sobra — todo à vontade — nas mãos. Passaram despercebidos e foram construir uma montanha.

Sofia levantou, em silêncio, e abriu a mochila, olhando para eles. Os pássaros, que estavam agitados, de repente pararam, como haviam parado os peixes no aquário ao verem o Nada se dirigindo a ela. Coisas graves aconteciam ao seu redor, coisas afinadas à árvore onde tudo já aconteceu. Sofia tirou o livro, o que tinha levado do quarto antes de sair de casa, sua lombada dizia: O Total da Vida. Um livro importante. Coisas da árvore do entendim...

envelhecimento. Quais são as perguntas que ainda não foram encontradas? Entregou-o aos pássaros, colocou-o na grama. Foram pousando lentamente em torno dele. Eram vinte e tantos pássaros, todos agora ocupados, abrindo suas páginas, resfofolhando. Sofia foi se afastando aos poucos, e os pássaros viravam as páginas com seus bicos. Pousavam nas páginas — *nas páginas*. Dentro delas. Estavam se transmutando, alfabeto de pássaros, compondo as letras de um grande livro. A história que escreviam era a de uma menina que, no dia do seu aniversário de sete anos, acordou doente, mole e mole, dor de cabeça, relógios nos ouvidos pulsando, pulsando.

Dor de cabeça, vapor úmido enrolando o cérebro como se fosse um cobertorzinho. Água quente e o cérebro nadando nela. A luz entrava por baixo da porta fechada e subia pelas paredes até o teto. Dormindo ou convencendo a si mesma que estava dormindo? Olhando para o teto, cores tão lindas se mexendo, como uma pedra bem preta coberta de gelo num dia de sol. Lindo. Cores e linhas feitas de sombras, lutando no teto, desenhos vivendo uma história projetada só para ela. A imaginação saindo para passear a cavalo no lombo das luzes e sombras, tapete de luz que me leva para fora do quarto. Tapetinho, me deslize para lá. E Sofia passeou, viajou para terras distantes, até chegar numa grande árvore atrás da casa, lá longe, longe, infinito no quintal; até mergulhar dentro de suas raízes, deixando para trás as três bisnaguinhas que havia muito, muito tempo, havia anos, desde antes de ela deitar e se cobrir com essa colcha de peso e vapor, desde antes, elas estavam abandonadas no prato esquecido, no prato que ela levou para o quarto para dar de comer aos peixes e se esqueceu, e que ela, nem ninguém, nem nada, nunca mais lembrou de comer, nada ninguém nunca mais: as palavras ficando menores e sumindo. Tinha a bisnaga maior de todas — defeitinho de fabricação — e mais malvada, que comandava um exército de bisnaguinhas, infelizes bisnagas, ex-farinhas, tão tristes e isoporas, quando tudo o que queriam era fazer amizade com ela, a bisnaga maior, deixada também para trás, e agora as mi-

galhas e as bisnagas, todas sós e unidas por uma causa em comum, todas sós, os braços balançando ao lado de seus corpos sem orelhas, sem narizes, se viram sozinhas e ex-fofas, à espera de um bico de pássaro preto que as viesse salvar, levando-as para bem longe daqui e desta história. Dor de cabeça, febre, febre. Sofia desaparecia em sua cama para mais dentro da árvore, caindo, caindo, caindo, leve como uma pluma — uma migalha? — bisnaga. Até pousar em cima de um sapo. Ploc. Era quente. Sofia deitada, colcha pesada, imaginava e dormia, e dormia e sonhava, e imaginava, rodando de um lado para o outro pelo limite das coisas que acontecem em sua alminha. E o administrador dos sonhos tinha preparado para ela uma visão exuberante, com vacas e campos e a cara de sua mãe de ponta-cabeça, ou seria a cara de um peixe olhando para ela? Ginkgo biloba. Um nome tão bonito quanto Ginkgo biloba. Sofia dentro, embaixo da árvore, minhocas ao redor. Conversaria com elas, quem sabe um dia. Dentro da terra, o lugar mais longe do mundo, o pomar do infinito, ou o quintal de lá de lá? Os pássaros escreviam sua história, minhoquinhas pretas de um alfabeto volátil. E Sofia, em pé diante deles, olhou ao redor uma última vez e deixou-os para trás. Precisava continuar em sua imaginação, sua peregrinação. Dos galhos da grande árvore do mistério começavam a brotar frutas novas. Pretas e redondas, chicletes de recheio surpresa, cujo sabor ninguém ainda sabe. Clomp.

Caminhou por muito tempo sozinha, sem pensamentos que viessem interromper seu silêncio. A paisagem ao redor não mudava mais, era só campo aberto para todos os lados, grama dourada e o sol. Sofia caminhava e não estava mais entediada. Não fazia frio. A luz que descia a embrulhava numa temperatura impossível de ser medida por termômetros. Muita coisa aconteceu.

SEGUNDO EPISÓDIO:
O FIM DAS PALAVRAS

PASSOU-SE UM TEMPO.

Num canto escuro e pouco visitado da floresta, vivia há séculos uma velha bruxa numa casinha desagradável, cheirando a mofo e relógios. Ela tinha um monte de anos. Seu contorno era indefinível, sua estrutura, misteriosa. Amarrava pãezinhos com barbantes ao redor de seu corpo para que eles lhe compusessem uma forma. Há séculos, ela gastava seus dias cortando lenha, atando-a em feixes, trazendo de volta para casa para acender o fogo embaixo de seu grande caldeirão de coisas moles. Lenha atada em feixes, ela amarrada em si mesma também. Viveria para sempre porque adorava trabalhar. Uma inútil. Sempre com os braços em cima das mãos. Toda a inutilidade do mundo. Quando cortava árvores, imaginava que o desenho branco que o machado começava a talhar no tronco parecia um sorriso malvado, sorrindo em maldade acordada com ela. Olhava para a árvore como quem se olha no espelho: eu e ela, eu e ela, eu e ela, perfeitas irmãs.

Sempre as mesmas gramas, folhas, flores, árvores. Sempre, sempre os mesmos insetos. O bicho da berinjela olhando para ela. Nada de novo acontecia no mundo, e as poucas árvores, gramas, insetos, pedras já estavam cansadas de ouvir seus feitiços ressoando no ar. Devolviam-lhe o som em vibrato e não lhes davam mais atenção.

Caminhando, olhando ao redor, Sofia passou em frente àquela casa, casa tão antiga que já é quase esquecida, amarelada; viu a bruxa falando sozinha, bem amarrada em seus pãezinhos, para não vazar. Amorfa. Sofia parou para observar. Escondeu-se atrás das árvores e assistiu. Seu olhar passeou... estava diante de uma árvore, a mais calada de todas, e, cansada de olhar para a bruxa, se perguntou como seria ser diferente, ser assim, árvore. Fingiu que ela e a árvore eram duas gêmeas que não se viam há muitos anos, e que só agora iam se reconhecendo, muito aos poucos. Olhares antigos se renovando, desacostumados — davam-se tapinhas nos ombros, estavam mais velhas do que antes, e mudadas, é claro, um pouco feias, talvez, se é que já foram bonitas algum dia, ou se aquilo era apenas ser jovem e viçoso, viscoso, mas de todo modo calmas e cheias de seiva, capazes de perceber o contentamento ensolarado de uma vida simples. Um piquenique na beira de um lago, elas desfolhando-se em cima. Fric-fric-fric. Olhando fundo nos olhos da árvore para tentar encontrar, ainda que de relance ou ainda que quase inventada, a lembrança de quem ela era, de quem ela tinha sido um dia, quando tudo era diferente e vinha de um outro lugar, há muito tempo. Nos olhos da irmã, lembrando de si mesma, elas iam se reconhecendo: unidas e um pouco tristonhas, mas livres, orgulhosas de ser quem agora eram, tão diferentes de quem já tinham sido um dia, quando imaginavam que a vida teria outra forma.

Respirou fundo. Mais tempo se passou. Soltou o ar. Seguiu adiante porque uma borboleta de manteiga atraiu sua atenção e, voando, puxou seu caminho. A bruxa, ocupada (tédio), não a viu (Sofia estava invisível há algum tempo, é verdade, mas não achava que as coisas chegariam a este ponto). "Tudo já foi feito!", bruxuleou a bruxa, ensimesmada em seus vapores. Sofia parada. "Tudo já foi dito, visto, feito, amaldiçoado sob o sol!" Sofia olhou para a casinha da bruxa e pensou. Pensou que, se tivesse um lápis, saberia desenhá-la perfeitamente: uma linha e outra linha e outra linha e um triângulo em cima e uma graminha na frente e uma chaminé. Fumacinha saindo, foi o que ela pensou. A bruxa era mole, mole, mole, chacoalhável, toda ela nariz na cara e os pãezinhos em volta, tão densos, pãezinhos e pãezinhos de mãos dadas, amarrados em volta sem soltar. Fim. Pronto.

PARTE III

EPISÓDIO FINAL:
CAI A NOITE

ALGUMA COISA ASSOBIAVA, quase surda e quase alheia, mas ainda assim presente, ainda assim constante em sua intenção. Vinha de algum lugar... ou melhor, ia. Mergulhou num rio, e foi nadando por dentro dele. Sentindo a sensação do rio. Coisinha assobiante, esse som seguia, sem fazer perguntas: nadou e nadou e nadou, barulho que atravessa a água, e a água se atravessava dele, até que o que era rio foi virando um riacho, cada vez mais minguado, e então virou um charco, virou uma poça e virou vapor e virou chuva. O som seguiu.

O Sol lá no alto se pôs e as estrelas aparece-ram. A paisagem mudou. Sofia andava agora, sem pressa, pelo que parecia ser o claro de uma floresta. Órfã e livre. Caminho indefinido, olhando ao redor e gostando de olhar. As ár-vores, cada vez mais altas, uma caverna feita de árvores, pareciam decidir por ela os seus passos. Seguiu andando. Continuou, e não sabia há quantos anos já caminhava, mas sentia-se reno-vada e séria, e órfã e livre. Com passos alonga-dos, ia cada vez mais para dentro da floresta. Seus joelhos dobravam confiantes e esticavam, plec-plec-plec passinhos lépidos. Ela era melhor do que uma marionete articulada, e todas as suas fraquezas se equilibravam com todas as suas forças. Era como um carro, ou quase. Uma árvore, ela era uma árvore! Das mais boni-tas. E intuía que, no dia em que reencontrasse os seres humanos — seres humanos! que coisa esquecida e tão redondamente para trás! —, quando os reencontrasse, quando os visse ao longe, parados, pensando se acenariam para ela ou não, a presença de alguém como ela, de uma árvore tão intensa em ser quem ela é, seria uma surpresa. Um conforto. Os humanos parados, olhando. Impressionados. Meia pirueta de contentamento humano. Sapos, rãs. Toda a superfície do mundo. As minhocas também. Sofia pensou que, caminhando, sem nunca parar, talvez seguisse assim por anos. Pensou que gostaria de ficar velha de tanto caminhar, se pudesse caminhar soltinha. Até virar uma pedra de tanto caminhar. Redonda e calada. Sapos, rãs, até a tartaruga apareceria, cheia de segredos e palavras escondidas do mundo. Sofia seguiria floresta adentro, e a floresta a guiaria, até que ela chegasse a algum lugar. Invisibilíssima. Não importava saber qual. Assobio, assobio, sonzinho nos ouvidos. Deixava-se levar por ideias vegetais. Na imaginação, olharia em volta e concordaria com a existência do musgo. Muito simpático, o musgo. Sem fazer nenhum esforço. Acolchoado para acolher nossos pés. Lugar onde encostar o ouvido, os nossos ouvidos, e descobrir um outro nome. Silêncio, grilos, grilos, os insetos levantam voo e enchem o ar. Onde ele foi parar?

Aquele som. Sofia então, muito cansada, seus pezinhos, seus pãezinhos, já tinham caminhado tanto, ela se deitaria no chão da floresta para dormir, tapete de musgo acolhedor, e se sentiria profundamente em outro lugar. Pensou então que, quando dormisse, sonharia que o musgo vinha conversar com ela em sonho, e que ele lhe contaria das aventuras que teve pelo mundo. Tanta, tanta coisa nova e boa para quem nunca se cansa de contar. A voz do musgo embalaria seu sono e a ajudaria a dormir. Descreveria cada uma das vezes em que viu o sol nascer e se pôr e, no infinito, quando o tapete de musgo terminasse de contar sua história, um grande silêncio talvez começasse a brotar dentro do sonho de Sofia, um grande silêncio das ideias que começam a voltar para trás, uma por uma, segurando no rabicó da outra, saindo em fileira até se apagarem. Despedindo-se das ideias — elas embarcaram num navio e vão partir, elas deixaram as xícaras do armário para trás, e ninguém tilinta agora, são amigas dos gigantes da noite, são segredos guardados nas mochilas fundas dos dias —, sem pensar em nada, ela dormiria na soleira da floresta, iluminada pela luz que existiria nesse momento que ainda não sabemos classificar.

Mas se alguém, por acaso —

Se alguém por acaso pudesse caminhar no ar, sem saber por onde ia — alguém cheia de sol, sentindo a sensação de estar cheia de sol, a cabeça quente —, e se estivesse passando por cima da floresta — se aguçasse o olhar, talvez ela pudesse perceber quem dormia lá. E se a visse, entenderia que ela sonhava: os sonhos dela eram parecidos com os seus. Sutis e ligeiros, lépidos e livres subiriam pelo ar. Conversariam, usariam, ela e eles, palavras possíveis.

Coisa assobiante quase surda e quase cega, vem, misture-se entre nós. Olha como é bom, dá quase para tocar. *Venha até aqui, sonho do sonho, pode se aproximar. Venha. Venha se roçar em nossos calcanhares, dar uma volta ao redor dos pés da mesa e deitar. Você é cócegas em todas as direções. É você, descobri, você, com seus movimentos deslizantes, que passa pelos grãos de areia da praia e faz nossas mãos miúdas cavarem um buraco que leva até a China. Quanto esforço fazemos por você. Coisinha macia, elástica. É você que se enrola nos fios de telefone das conversas intermináveis e se enrola nos fios de barbante dos telefones de lata, que servem para duas pessoas se falarem por telepatia, bem alto. Você, é você que corta pelos galhos das árvores e vai correndo até onde vivem todos aqueles que fugiram de casa para nunca mais voltar, com mochilas redondas nas costas e sapatos de cadarços amarrados a duras penas e com muito orgulho. Fugiram de casa, foram ganhar o mundo. Você, fumaça, som e fumaça e coisa sem nome, sobe e sobe, corre pelos fios elétricos, corre pelos trilhos de trem, pelas rodas em movimento, corre, corre, passa pela única baleia surda do mar, que busca uma companhia, e tudo ao seu redor é imenso e quente e as notícias nunca chegam a tempo; você desliza pelos telhados que alguém fez, telha a telha, e debaixo do telhado mora alguém, desconhecido e interessante, que olha para cima e medita; confabulante, você está nas poças cheias de girinos, quando não há nenhum adulto por perto, e são tantas as possibilidades. Os quases e os prestes a. É você, é isso o que nós buscamos, é isso o que queremos dizer. O mundo? O que significava querer ir ao mundo? Se o mundo está sempre tão aqui, se nós somos o mundo para quem quer ir ao mundo também. Somos exatamente a parede de tijolos que os bloqueia, e a porta que se abre. O que queremos dizer com isso? Você se encontra nos automóveis de motor ligado, esquentando. Alguma coisa sempre pronta para acontecer. Nós buscamos você, queremos escutá-lo. Aqui está o mundo, aqui, aqui. Você nos costura, nos trama invisivelmente e nos une uns aos outros. Som dos sonhos dos sonhos dos sonhos. Quase não o escutamos quando estamos tentando prestar atenção. Mas eu descobri, eu descobri. Você é o que há de macio, está nas nossas mãos e nós o sentimos, você é o mundo inteiro e tudo o que existe quando nos damos as mãos em segredo por baixo da mesa. Ninguém está vendo e tudo mudou. Nós nos corroboramos, nós estamos aqui insuspeitos. Isso não tem arestas, é sem nenhuma quina e não acaba; é tão bom tê-lo conosco agora, coisa que nos amacia, coisa do sonho de.* Sofia caminhava mais para dentro da floresta, tão longe de seu quarto, de seus peixes, de tudo o que existe e é de ponta--cabeça; órfã e livre, profundamente órfã e profundamente livre para nunca mais ter que nada, nunca mais que, as horas do dia já não estão mais empilhadas umas sobre as outras porque desfizeram-se todas. Caminhava para longe, já nem feita mais de coisa alguma, e pensava no sonho que teria e que veria e que viria até nós. Trazendo este vento.

Deitou-se no verde e logo todos os seus pensamentos vibraram: *eram verdes também.*

CODA

EM ALGUM LUGAR, a uma distância esquecida, circulava em círculos, o Nada nadava. Suas barbatanas laranja deixavam a luz passar, ela passava e passava. O barulho do motor do aquário era quente, reconfortante...

Barrigas que se iluminam de mansinho, luz dourada que transborda até mesmo para nós, abrindo nossos caminhos, até quando não temos nome. Estamos neste lugar tão povoado.

Os pássaros vêm até a gente: pousam em nossos ombros imperceptivelmente, leves como são; eles vêm aqui e são eles que nos deixam um pouco menos solitários, um pouco menos do que antes. Sussurram frases em nossos ouvidos, porque sabem para nós revelar os nossos segredos insuspeitos, sussurram a realidade em coro para nós. A página agora. Há quanto tempo tentávamos, no escuro, capturar essas palavras, coisas que roçamos com as pontas dos dedos e então, não mais. Des-a-pa-re-cem. Invisíveis, invisíveis.

São vocês, pássaros pretos, vocês que as trazem de volta, bicam as palavras para mais perto de nós. É isso o que sentimos, esse borboletar no estômago; é essa a sutileza que vem depois: falamos, vocês levantam seus tantos voos de manteiga. Saem ao mundo — saem, porque sabem como é se espantar. Saem e vão e vão e vão, um novo horizonte que cresce a cada vez que o som de uma ideia corta o ar. Palavra. Continuam: descobrindo e revelando os porquês de se lançar.

AGRADECIMENTOS
Alberto Martins
Arthur Nestrovski
Deborah Salles
Fabrício Corsaletti
Fernanda Mira Barros
Julia Monteiro
Luis Campagnoli

Qual é sua substância, do que você é feito?
Quantas sombras esquisitas te acompanham.
Shakespeare, soneto 53

A marca FSC® é a garantia de que a madeira utilizada na fabricação do papel deste livro provém de florestas gerenciadas de maneira ambientalmente correta, socialmente justa e economicamente viável e de outras fontes de origem controlada.

Copyright © Sofia Nestrovski, 2022

Todos os direitos reservados. Nenhuma parte desta obra pode ser reproduzida, arquivada ou transmitida de nenhuma forma ou por nenhum meio sem a permissão expressa e por escrito da Editora Fósforo.

EDITORAS Fernanda Diamant e Juliana A. Rodrigues
ASSISTENTE EDITORIAL Cristiane Alves Avelar
REVISÃO Eduardo Russo e Luicy Caetano
DIREÇÃO DE ARTE Julia Monteiro
CAPA E PROJETO GRÁFICO Cristina Gu
ILUSTRAÇÕES Danilo Zamboni
EDITORAÇÃO ELETRÔNICA Página Viva

Dados Internacionais de Catalogação na Publicação (CIP)
(Câmara Brasileira do Livro, SP, Brasil)

Nestrovski, Sofia
 A história invisível / Sofia Nestrovski ; ilustrações Danilo Zamboni. — São Paulo : Fósforo, 2022.
 ISBN: 978-65-89733-71-3
 1. Ficção brasileira 2. Livros ilustrados I. Zamboni, Danilo. II. Título.

22-116146   CDD – B869.3

Índice para catálogo sistemático:
1. Ficção : Literatura brasileira   B869.3

Cibele Maria Dias — Bibliotecária — CRB-8/9427

Editora Fósforo
Rua 24 de Maio, 270/276, 10º andar, salas 1 e 2 — República
01041-001 — São Paulo, SP, Brasil — Tel: (11) 3224.2055
contato@fosforoeditora.com.br / www.fosforoeditora.com.br

Este livro foi composto em GT Alpina
e GT Flexa e impresso pela Ipsis
em papel Pólen Bold 90g/m² da Suzano
para a Editora Fósforo em julho de 2022.